Début d'une série de documents
en couleur

ABBÉ LENAIN

Recueil de Proverbes allemands

PARIS

LIBRAIRIE Vve CHARLES POUSSIELGUE

15, RUE CASSETTE

1903

ALLEMAND

Paris.— Imprimerie F. Levé, rue Cassette. 17.

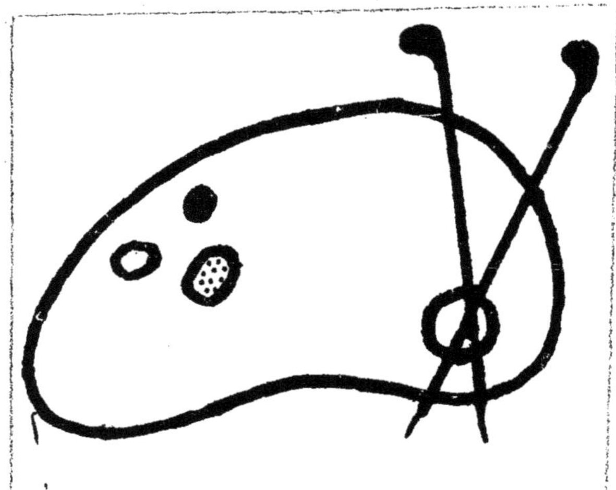

Fin d'une série de documents
en couleur

RECUEIL

DE

PROVERBES ALLEMANDS

PROPRIÉTÉ DE LA LIBRAIRIE

RECUEIL

DE

PROVERBES ALLEMANDS

PAR

M. l'abbé Eugène LENAIN

LICENCIÉ ÈS LETTRES

Professeur d'allemand à l'Institution ecclésiastique
de Felletin, Creuse.

PARIS

LIBRAIRIE Vᵛᵉ CH. POUSSIELGUE

15, RUE CASSETTE, 15

—

1903

PRÉFACE

Par proverbes on désigne des vérités d'expérience condensées dans des formules courtes, pittoresques ou piquantes qui sont comme les axiomes de la philosophie populaire. Ils constituent un fonds inépuisable de précieux avertissements et de recettes pratiques. C'est avec raison qu'on les a appelés la sagesse des siècles.

Chez tous les peuples, et dès la plus haute antiquité, les maximes proverbiales ont été en honneur. Elles abondent dans la Bible dont plusieurs livres, les *Proverbes* notamment et l'*Ecclésiaste*, contiennent nombre de sentences remarquables par leur élévation morale. Quand nous disons qu'il n'est rien de nouveau sous le soleil, nous ne faisons que répéter le mot de Salomon : *Nihil sub sole novum*. C'est encore lui qui nous a laissé ce précepte célèbre, si communément cité : La crainte du Seigneur est le commencement de la sagesse, *Timor Domini principium sapientiæ*.

Les expressions proverbiales ne sont pas rares non plus chez les écrivains profanes. Observateurs sagaces, esprits délicats et fins, les Grecs aimaient à glisser dans leurs longues causeries des adages populaires mis en circulation par leurs poètes et par leurs sages. C'était chez eux un commun proverbe qu'il ne faut point donner son amitié à quelqu'un avant d'avoir mangé avec lui un boisseau de sel. Sur les murailles de l'Attique et jusque sur les bornes plantées le long des chemins, d'intéressantes formules piquaient l'attention du passant, si bien qu'on aurait pu, suivant la remarque de Platon, joindre au plaisir de la promenade l'agrément de s'instruire des choses de la morale.

C'est aux Latins, peuple dont le génie éminemment pratique était plus enclin aux luttes de la vie active qu'aux spéculations philosophiques, que nous devons le mot *proverbe*. Aux yeux de ces marchands avides, de ces rudes soldats, de ces patients laboureurs, le temps avait la même valeur que pour les modernes Anglais : c'était de l'argent. Aussi aimaient-ils à enfermer leur pensée dans de concises formules. Pour eux, le proverbe, —*pro verbo* — c'est-à-dire une vérité ramassée en une maxime brève et saisissante, était l'équivalent d'un long discours.

Caton l'Ancien prisait fort les proverbes et se plaisait même à en écrire. Jules César professait pour les adages une non moindre estime que pour les questions de grammaire dont il s'occupait au cours de ses campagnes. Les prosateurs et poètes latins ne se faisaient nullement scrupule d'en user dans leurs écrits. Plaute a répandu avec profusion dans ses comédies les dictons populaires. Veut-il dire que quelqu'un tente l'impossible ? il se sert de cet expressif proverbe : *Lupo agnum eripere*, retirer un agneau de la gueule du loup. Tous les écoliers connaissent la règle de grammaire intitulée : *Auribus teneo lupum*, je tiens le loup par les oreilles. C'est un adage qui se trouve dans une comédie de Térence et dont le poète fait l'application à une personne fort embarrassée. Cicéron citait indifféremment les proverbes de son pays et ceux des Grecs. Dans le *De Officiis*, il rappelle cette maxime si humaine : *Summum jus, summa injuria*, que Racine traduit par ce vers :

Une extrême justice est une extrême injure.

Entre amis, dit-il dans le même ouvrage, toutes choses sont en commun ; c'est aux

Grecs qu'il fait cet emprunt :Κοινὰ τὰ φίλων. Horace, Sénèque, Virgile même ont su mettre à profit les heureuses trouvailles du bon sens latin.

Si les proverbes furent en faveur chez les anciens, ils n'eurent pas moins de vogue en France. Dans les chroniques et poésies du vieux temps, on voit se condenser en formules piquantes l'expérience de nos aïeux, gens des plus avisés et volontiers moqueurs. Nous lisons déjà dans le *Roman de la Rose* que *l'habit ne fait pas le moine*, et dans le *Roman du Renard* qu'*il y a loin de dire à faire. Petit mercier, petit pannier*, dit Charles d'Orléans, le gentil poète. Encore qu'il accorde la préférence aux citations latines, le docte Montaigne ne dédaigne point d'user parfois des dictons du menu peuple : *Vous n'achetez pas un chat en poche; le jeu n'en vaut pas la chandelle*. Des proverbes, comme de toutes choses, Rabelais use sans discrétion. Il se moque du jeune Gargantua qui *mangeait son pain blanc le premier, battait les buissons sans prendre les oisillons, croyait que vessies fussent lanternes, sautait du coq à l'âne, gardait la lune des loups.*

Il n'est pas étonnant que Régnier, ce digne continuateur des Rutebœuf et des Villon, ait semé ses satires de dictons populaires. Il se rappelle la farce de l'avocat Pathelin : *Retourne à nos moutons*, Muse. Malherbe et les poètes de son école voulaient dans les vers plus de régularité et de raison. Mathurin dont « la verve quelquefois s'égaie en la licence », se moqua de ces prétentieux réformateurs. Il semble, dit-il,

Qu'ils ont seuls ici-bas trouvé la pie au nid.

A l'exemple de leurs devanciers, les poètes du grand siècle ont fait usage de locutions proverbiales. « On dit bien vrai, lisons-nous dans Molière, *qu'il n'y a point de pires sourds que ceux qui ne veulent pas entendre.* » Si Martine ignore les règles de Vaugelas, en revanche elle ne manque pas de bon sens et trouve dans les vieux adages de solides arguments :

Qui veut noyer son chien, l'accuse de la rage,

et ailleurs :

La poule ne doit point chanter devant le coq.

Racine, lui aussi, a mis dans la bouche de Petit-Jean plus d'un savoureux proverbe, comme on s'en peut convaincre en lisant la première scène des *Plaideurs* :

On apprend à hurler, dit l'autre, avec les loups...
Point d'argent, point de suisse...
Qui veut voyager loin, ménage sa monture...

Dans ses fables charmantes de malicieuse bonhomie, La Fontaine ne craignit point d'employer les dictons de nos pères. *A l'œuvre on connaît l'artisan ; un Tiens vaut, ce dit-on, mieux que deux Tu l'auras* : ces maximes populaires servent de morale à deux de ses apologues. Il fait allusion quelque part au chien de *Jean de Nivelle*. Quant à Boileau, il trouvait de même son compte dans les expressions proverbiales. Traduisant le *festina lente* des Latins, ce sage conseiller dit aux poètes : *Hâtez-vous lentement*. Lorsqu'il écrit : *J'appelle un chat un chat*, il reproduit à sa manière l'adage des Grecs : Nous appelons les figues figues. Bon nombre de ses vers, devenus proverbes, sont universellement connus :

Soyez plutôt maçon, si c'est votre talent.

On voit par ces quelques exemples le parti que de grands écrivains ont su tirer des locutions originales dont usent communément les gens du peuple. Les écoliers, eux aussi, peu-

vent profiter de ces utiles adages qui, sous
une forme parfois si pittoresque, résument
l'expérience de l'humanité. S'ils ne sont pas
l'expression d'une morale bien haute, les
proverbes apprennent au moins à agir avec
prudence, à éviter tout excès, à n'être ni dupe
ni sot.

En publiant ce *Recueil de proverbes allemands*, nous nous sommes proposé d'atteindre
un double but : solliciter les jeunes esprits à
la réflexion et faciliter aux candidats la pré-
paration de la composition allemande appelée
à tenir une large place dans les examens de
l'avenir.

E. L.

PROVERBES
Sprüchwörter

A beau mentir qui vient de loin,
Von weit her ist gut lügen.

A beau parler qui n'a cure de rien faire,
Sagen und tun ist zweierlei [1].

A blanchir un nègre on perd son savon,
A laver la tête d'un More on perd sa lessive,
Einen Mohren kann man nicht weiß waschen.

A bon entendeur salut,
Gelehrten ist gut predigen.

A bon vin point d'enseigne,
Ein guter Wein rühmt sich selbst.

A brebis tondue Dieu mesure le vent,
Gott legt Niemanden ein schwereres Kreuz auf als er
tragen kann [2].

1. Litt. : Dire et faire sont deux.
2. Auf — legen, imposer; Dieu n'impose à personne une
croix plus lourde que celle qu'il peut porter.

A chaque fou plaît sa marotte,
Jedem Narren gefällt feine Kappe [1].

A chaque jour suffit sa peine,
Jeder Tag hat feine Plage.

A chaque oiseau plaît son nid,
Jedem Vogel gefällt fein Neft.

Acheter chat en poche,
Eine Katze im Sacke kaufen.

A l'impossible nul n'est tenu,
Zum Unmöglichen ift Niemand verpflichtet.

A l'œuvre on connaît l'artisan,
Das Werk lobt den Meifter.

A l'ongle on connaît le lion,
An der Klaue erkennt man den Löwen [2].

Aide-toi, le ciel t'aidera,
Hilf dir felber, fo hilft dir Gott.

A moitié fait qui commence bien,
Frifch gewagt ift halb gewonnen, ou :
Frifch gewagt ift halb getan [3].

A père avare fils prodigue,
Was der Vater erfpart, vertut der Sohn [4].

---

1. Die Kappe, pl. e, bonnet, marotte. La marotte est l'attri-
but de la Folie.
2. Die Klaue, pl. e, ongle, patte, griffe.
3. Litt. : Vivement osé est à moitié gagné, ou, fait. Cf. le
prov. latin : *Audaces fortuna juvat*, la fortune favorise les
audacieux.
4. Le préfixe inséparable ver marque la perte, l'éloigne-

A petit mercier petit panier,
Man streckt sich nach der Decke [1].

Après cela il faut fermer le livre,
Da läßt sich Nichts mehr sagen.

Après la pluie le beau temps,
Nach Regen kommt Sonnenschein [2].

Après lui, il faut tirer l'échelle,
Nach ihm kommt Keiner mehr, ou :
Keiner wird ihn überbieten [3].

A quelque chose malheur est bon,
Unglück hat auch seinen Nutzen [2], ou :
Es ist kein Unglück so groß, es ist ein Glück dabei.

A renard renard et demi,
A trompeur trompeur et demi,
Füchse muß man mit Füchsen fangen,
Ein Schalk findet seinen Meister [4].

Asinus asinum fricat [5],
Ein Esel kratzt den andern.

,ment, l'idée de se tromper, une transformation. Bertun, dépenser inutilement.

1. Litt. : On s'étend suivant la couverture. Sich nach der Decke strecken signifie : régler sa dépense sur son revenu.

2. L'article en allemand s'omet d'ordinaire dans les maximes et proverbes. Cette suppression de l'article est fréquente aussi en français dans les mêmes cas : *Pauvreté n'est pas vice, contentement passe richesse, noblesse oblige*, etc.

3. Überbieten, renchérir sur. Ici le verbe est actif, et la particule inséparable.

4. Der Schalk, g. (e) s, pl. e, = fripon, espiègle, ici, rusé compère.

5. Prov. latin : *L'âne frotte l'âne*; ceci s'applique à ceux qui se louent les uns les autres à l'excès. — Kratzen, gratter.

Attendez-moi sous l'orme,
Da können Sie lange warten.

A toile ourdie Dieu envoie le fil,
Begonnenes Werk hilft Gott vollenden [1].

A tout seigneur tout honneur,
Ehre dem Ehre gebührt [2].

A tout péché miséricorde,
Allen Sündern Vergebung.

Au bon joueur la balle,
Das Glück kommt an den rechten Mann.

Autant de têtes, autant d'avis,
Viel Köpfe, viel Sinne.

Au bout du fossé la culbute,
Am Ende kommt doch der Tod, ou :
Mag kommen was da will.

Bayer aux corneilles,
Maulaffen feil haben [3].

*

1. On ne met pas zu devant l'infinitif, quand cet infinitif
est le complément de l'un des verbes suivants : fühlen, sentir;
heißen, ordonner; helfen, aider; hören, entendre; lassen, laisser;
lehren, enseigner; lernen, apprendre, *discere*; machen, faire;
sehen, voir; ou d'un auxiliaire de mode : können, mögen, dürfen,
wollen, sollen, müssen.
2. Ellipse pour : que l'honneur soit à celui auquel l'honneur convient. Même remarque au proverbe qui suit.
3. Maulaffe m. gén. n, (pour Maul n. es, " er, gueule, bouche,
offen, ouverte), qui baye aux corneilles; badaud, nigaud. L'adj.
feil = vénal; d'où l'expression : feil haben, avoir à vendre.

Bon chien chasse de race,
Der Apfel fällt nicht weit vom Baum, ou encore :
— vom Stamm [1], ou :
Art läßt nicht von Art [2].

Bouche de miel cœur de fiel,
Honig im Munde und Galle im Herzen [3].

Brebis qui bêle perd sa goulée,
Wer bei Tische viel plaubert, steht hungrig auf [4].

Cela est bon pour une passade,
Das ist gut für einmal.

Cela n'est bon ni à rôtir ni à bouillir,
Das taugt weder zum Sieden noch zum Braten [5].

Cela rime comme hallebarde et miséricorde,
Das paßt wie die Faust auf's Auge [6].

Ce que Dieu fait est bien fait[7],
Was Gott tut, das ist wohlgetan.

Ce qui vient de la flûte s'en va par le tambour,
Wie gewonnen, so zerronnen [8].

1. Litt. : La pomme ne tombe pas loin du tronc.
2. Litt. : La nature ne renonce pas à la nature; elle est toujours la même : le chien hérite des qualités de sa race.
3. Die Galle, s. pl. = bile, fiel, aigreur.
4. Cf. le prov. latin : *Tarde venientibus ossa*, les retardataires ne trouvent que des os.
5. Sieden, bouillir, et Braten, rôtir, sont ici pris substantivevent. Cet usage qui existe en français : Cf. La Fontaine : *le dormir, le manger, le boire* (*Le savetier et le financier*), est très commun chez les Allemands.
6. Litt. : Cela s'ajuste comme le poing sur l'œil.
7. Cf. la fable de La Fontaine : *Le gland et la citrouille.*
8. Litt. : Comme gagné, ainsi perdu. Rinnen, couler;

C'est un bœuf pour le travail,
Er ift ein unermüblicher Arbeiter.

C'est de l'algèbre pour lui,
Das find ihm bömifche Dörfer [1].

C'est Gros-Jean qui en remontre à son curé [2],
Das Ei will flüger fein als die Henne, ou :
Das Kalb will flüger fein als die Kuh,

C'est la bouteille à l'encre,
Das ift eine dunfle Sache.

C'est là que gît le lièvre [3],
Da liegt der Hund begraben, ou :
Da liegt der Hafe im Pfeffer [4].

C'est la mer à boire,
Das ift ein wahres Riefenwerf [5].

Ce n'est pas la mer à boire,
Das ift fein Kunftftüc [6].

C'est le diable à confesser,
Eher ginge der Teufel zur Beichte [7].

zerrinnen, s'écouler, se dissiper. Le préfixe inséparable zer
indique une idée de séparation, de destruction. Ce proverbe
signifie : Bien mal acquis ne profite pas.
  1. C'est comme si on lui parlait des villages de Bohême.
  2. On dit de même : Les oisons mènent paître les oies.
  3. On dit encore dans le même sens : C'est là le *hic*.
  4. Litt. : Là gît le lièvre dans le poivre.
  5. Das Riefenwerf g. (e) s, pl. e, œuvre gigantesque.
  6. Das Kunftftüc g. (e) s, pl. e, tour d'adresse.
  7. Litt. : Le diable irait plutôt à confesse.

C'est la cour du roi Pétaud [1],
Jeder will da das Wort haben.

C'est un saint qu'on ne chôme plus,
Er gilt Nichts mehr.

C'est la moutarde après dîner,
Das kommt *post festum* [2].

C'est jus vert ou verjus,
Es ist gemahlen wie gedroschen [3].

C'est une bague au doigt,
Das ist ein wahres Kleinod [4].

Chacun est l'artisan de sa fortune,
Der Mensch ist seines Glückes Schmied.

Chaque médaille a son revers,
Jede Sache hat ihre Schattenseite [5].

Chacun sait où le bât le blesse,
Jeder weiß am besten, wo ihn der Schuh drückt [6].

Charité bien ordonnée commence par soi,
Jeder ist sich selbst der Nächste [7].

1. On entend par *cour du roi Pétaud*, par *pétaudière*, une assemblée pleine de confusion, où chacun parle et commande.
2. Litt. : Cela vient après la fête.
3. Gemahlen, part. irrég. de mahlen, moudre ; gedroschen, part. irrég. de dreschen, battre le blé.
4. Das Kleinod g (e) s, pl. e ou Kleinodien, bijou, fig. trésor.
5. Die Schattenseite = proprement côté de l'ombre, au fig. mauvais côté, revers de la médaille.
6. Litt. : Chacun sait parfaitement où le soulier le serre.
7. Chacun est à soi-même le prochain. On dit encore : Wer das Kreuz hat, segnet sich, celui qui a la croix, se signe.

Charge bien liée est à demi portée,
Frisch begonnen ist halb gewonnen.

Charbonnier est maître chez soi,
Ein Jeder ist Herr in seinem Hause.

Cela ne me fait ni chaud ni froid,
Das gibt und nimmt mir Nichts.

Ce qui est fait est fait,
Geschehene Dinge sind nicht zu ändern [1].

Ce n'est pas à la poule de chanter devant le coq,
Die Henne darf vor dem Hahn nicht krähen [2].

Chacun a son tour [3],
Heute mir, morgen dir.

Celui qui est aux écoutes apprend souvent ce
qu'il ne voudrait pas connaître,
Der Horcher an der Wand hört seine eigne Schand [4].

Ce sont deux têtes sous un même bonnet,
Sie blasen in Ein Horn [5].

Chacun pour soi et Dieu pour tous,
Jeder für sich und Gott für uns alle.

---

1. Litt. : Choses arrivées ne sont pas à changer. On dit
dans le même sens : Hin ist hin.
2. Krähen, chanter, en parlant du coq.
3. MOLIÈRE : Et chacun a son tour, comme dit le proverbe.
4. Litt : L'écouteur, le curieux à la muraille entend sa
propre confusion. Die Schande, s. pl., honte, déshonneur.
5. Litt. : Ils soufflent dans une même corne, ou, dans un
même cor.

C'est le pot de terre contre le pot de fer,
Das heißt wider den Stachel lecken [1].

C'est un prix fait comme pour les petits pâtés,
Das hat seinen festen Preis wie die Wecken im Laden [2].

Chaque chose a son temps,
Jedes Ding währt seine Zeit [3].

Ce qu'on apprend au bers (berceau), dure jusques aux vers (au tombeau),
Ce qu'on apprend dans sa jeunesse, on ne l'oublie jamais.
Jung gewohnt, alt getan [4].

Chassez le naturel, il revient au galop [5],
Die Katze läßt das Mausen nicht [6].

Chercher midi à quatorze heures,
Unnütze Weitläufigkeiten machen [7].

Comme un chien dans un jeu de quilles,
Wie der Fuchs unter den Hühnern [8].

---

1. Litt. : Cela s'appelle lécher contre l'aiguillon. Der Stachel, s. pl. n = épine, pointe, piquant.
2. Der Weck, es, e ou die Wecke, n, = petit pain blanc.
3. Lit. : Chaque chose dure son temps.
4. Ce à quoi on s'est *habitué jeune*, est *fait vieux* : on conserve dans la vieillesse les habitudes de l'enfance.
5. Ce vers de Destouches est passé en proverbe.
6. Mausen, chiper, gripper, et encore prendre des souris. Cf. die Maus, pl. Mäuse, la souris. Le chat ne renonce pas à prendre des souris.
7. Litt. : Faire d'inutiles façons.
8. Das Huhn, (e) s, pl. Hühner, la poule. Litt. : Comme le renard parmi les poules.

Comme on fait son lit on se couche,
Wie man sich bettet, so schläft man [1].

Comparaison n'est pas raison [2],
Ein Vergleich ist kein Beweis.

Contentement passe richesse,
Vergnügt sein geht über Reichtum [3] ou :
Zufriedenheit geht über Reichtum.

Ce n'est pas une sinécure,
Die Sache verlangt Arbeit.

Ce n'est pas de la petite bière,
Das ist nicht von Stroh.

Chien qui aboie ne mord pas,
Bellende Hunde beißen nicht.

Chat échaudé craint l'eau froide,
Begossene Hunde fürchten das Wasser [4] ou :
Ein gebranntes Kind fürchtet das Feuer [5].

Dans le doute abstiens-toi [6],
Im Zweifel enthalte dich.

Dans le royaume des aveugles les borgnes sont
rois,
Unter den Blinden ist der Einäugige König.

1. Sich betten, se faire un lit.
2. Cf. l'expression : toute comparaison cloche.
3. Le suffixe tum s'écrit aujourd'hui sans h.
4. Begießen, begoß, begossen, verser de l'eau sur, inonder.
Chiens arrosés craignent l'eau.
5. Litt. : Un enfant brûlé (brennen, brûler) craint le feu.
6. Cf. la maxime latine : *in dubiis libertas*, dans le doute
on est libre, dans les matières douteuses on peut se ranger à
telle ou telle opinion.

Dans les petits pots les bons onguents,
Kleine Leute, große Herzen [1].

De l'abondance du cœur la bouche déborde,
Wessen das Herz voll ist, deß geht der Mund über [2].

Depuis que le monde est monde,
Seitdem die Welt steht.

Dis-moi qui tu hantes, je te dirai qui tu es,
Sage mir, mit wem du umgehst, so will ich dir sagen,
wer du bist [3], ou :
Gleiche Brüder, gleiche Kappen [4].

Donnant, donnant [5],
Wurst wider Wurst [6].

Donner un pois pour avoir une fève,
Donner un œuf pour avoir un bœuf,
Die Wurst nach dem Schinken werfen [7].

En cherchant on trouve,
Wer sucht, der findet.

1. Litt. : Petites gens, grands cœurs.
2. über-gehen, déborder. Litt. : De ce dont le cœur est plein,
la bouche déborde.
3. Remarquez cet emploi de so : après une subordonnée,
so indique un rapport de temps ou une conséquence. C'est
comme s'il y avait : Si tu me dis, alors, dans ce cas, je te
dirai. Remarquez aussi l'emploi de wollen pour marquer le
futur. — Mit einem um-gehen, entretenir des relations avec
quelqu'un.
4. Mêmes frères, mêmes bonnets. Die Kappe, pl. e, le bonnet.
5. On dit de même : Passez-moi la casse, je vous passerai
le séné.
6. Lit. : Saucisse contre saucisse. Die Wurst, pl. Würste.
7. Litt. : Jeter la saucisse contre le jambon.

En forgeant, on devient forgeron,
Übung macht den Meister [1].

Entre l'écorce et l'arbre il ne faut pas mettre le doigt,
Man muß nicht den Finger zwischen Tür und Angel stellen [2].

Errare humanum est [3],
Irren ist menschlich [4].

Est bien malade qui en meurt,
Es wird Keiner daran sterben.

Être et paraître sont deux,
Ein Andres ist scheinen, ein Andres ist sein.

Être le coq du village [5],
Hahn im Korbe sein [6].

Fais ce que dois, advienne que pourra,
Tue recht, scheue Niemand [7].

Faire contre mauvaise fortune bon cœur,
Im Unglück nicht verzagen [8].

---

1. Litt. : L'exercice fait le maître. Die Übung, pl. en, de üben, exercer.
2. Litt. : Entre la porte et le gond = Die Angel, pl. n. — Il ne faut point nous mêler de ce qui ne nous regarde pas.
3. Proverbe latin qui signifie : L'homme n'est pas infaillible.
4. C'est la traduction du latin : Se tromper est humain.
5. Être le favori.
6. Der Korb, g. (e) s, pl. Körbe = le panier.
7. Scheuen, craindre, redouter.
8. Verzagen, perdre courage.

Faire de nécessité vertu,
In einen sauern Apfel beißen müssen [1], ou :
Aus der Not eine Tugend machen.

Faire d'une pierre deux coups,
Zwei Fliegen mit einer Klappe schlagen [2].

Faire la mouche du coche,
Wichtig sein [3].

Filez votre quenouille,
Besorgt eure Wirtschaft [4].

Grain à grain la poule remplit son ventre [5],
Kleine Summen machen allmälig reich [6].

Grasse cuisine et maigre testament,
Von einem Verschwender ist wenig zu erben [7].

Hâtez-vous lentement,
Eile mit Weile [8].

Honni soit qui mal y pense,
Hohn dem, der Arges dabei denkt [9], ou : ,
Ein Schelm der er böse meinet.

1. Litt. : Être obligé de mordre dans une pomme acide. On dit de même : Avaler la pilule.
2. Die Klappe, pl. en, signifie ici tue-mouche.
3. Wichtig, important. Cf. La Fontaine, *Le coche et la mouche*.
4. Litt. : Occupez-vous de votre ménage.
5. Cf. le prov. : Petit à petit l'oiseau fait son nid.
6. Litt. : De petites sommes enrichissent peu à peu.
7. Litt. : D'un dissipateur il y a peu à hériter. Le prov. allemand plus clair, explique le prov. français.
8. C'est le *festina lente* des Latins, le σπεῦδε βραδέως des Grecs. Eilen, se hâter ; die Weile, pl. n, espace de temps, loisir.
9. Der Hohn, g. (e)s = mépris, dédain.

Hurler avec les loups,
Wer unter den Wölfen ist, muß mit ihnen heulen [1].

Il a du foin dans ses bottes,
Er hat Geld, ou er hat Batzen [2].

Il a gâté son affaire sans retour,
Er hat dem Faße den Boden ausgestoßen [3].

Il croit avoir trouvé la pie au nid,
Er meint Wunder was er entdeckt habe [4].

Il ennuie à qui attend,
Hoffen und Harren macht Manchen zum Narren [5].

Il est aisé de faire du cuir d'autrui large courroie,
Aus fremdem Leder ist gut Riemen schneiden [6].

Il est *a quia* [7],
Die Ochsen stehen bei ihm am Berge.

Il est comme la cinquième roue d'un carrosse,
Er ist das fünfte Rad an einem Wagen.

1. Cf. le vers de Racine : On apprend à hurler, dit l'autre,
avec les loups.
2. Der Batzen, g. s, ancienne monnaie, batz. Er hat Batzen,
signifie, il a de l'argent, il a du quibus.
3. Dem Faße den Boden aus= stoßen, défoncer un tonneau,
et, au figuré, combler la mesure, emporter le morceau.
4. Il considère comme merveilles tout ce qu'il découvre.
5. Harren, attendre impatiemment. Macht zum Narren, rend
fou. Zu s'emploie ainsi avec les verbes qui marquent chan-
gement, transformation.
6. Der Riemen, g. s = la courroie.
7. C'est-à-dire il ne sait que répondre, il est fort embar-
rassé. — Der Ochs, g. en, pl. en, le bœuf. Voir p. 61, n. 6.

Il est comme l'oiseau sur la branche,
Er ist wie der Sperling auf dem Dach [1].

Il est permis à tout le monde de se tromper,
Ein guter Schütze schießt auch miß [2].

Ils étaient bons amis tant que la marmite bouil-
lait [3],
So lange die Küche rauchte, waren sie Freunde.

Il faut attendre le boiteux [4],
Man muß den hinkenden Boten abwarten.

Il faut boire le vin quand il est tiré,
Den Brei, den du angerührt hast, mußt du auch essen [5].

Il faut casser le noyau pour avoir l'amande,
Wer die Nuß kosten will, muß die Schale knicken [6].

Il faut faire feu qui dure,
Man muß sein Geld und seine Gesundheit zu Rate
ziehen [7].

1. Comme le moineau sur le toit.
2. Litt. : Un bon tireur manque aussi : miß-schießen, tirer
faux.
3. Cf. le distique d'Ovide :

> Donec eris felix, multos numerabis amicos,
> Tempora si fuerint nubila, solus eris.

Tant que vous serez heureux, vous compterez beaucoup d'amis;
viennent les sombres jours de l'adversité, vous serez seul. —
Litt. : Tant que la cuisine fumait, etc.
4. C'est-à-dire : l'avenir vous l'apprendra; attendons la
suite. Der hinkende Bote, le messager boiteux.
5. Der Brei, g. (e) s, pl. e, bouillie, purée; an-rühren, délayer.
6. Litt. : Qui veut goûter la noix, doit — Die Schale knicken,
briser la coquille.
7. Zu Rate ziehen, signifie : consulter.

Il faut gouverner sa bouche, selon sa bourse,
Nach dem Beutel richte den Schnabel [1].

Il faut manger pour vivre et non pas vivre pour manger,
Man ißt um zu leben, aber man lebt nicht um zu essen.

Il faut que jeunesse se passe,
Die Jugend muß ausrasen ou austoben [2].

Il faut placer le clocher au milieu de la paroisse,
Man muß die Kirche im Dorfe lassen.

Il faut prendre le temps comme il vient,
Man muß sich in die Zeit schicken [3].

Il ne faut pas commencer tout sans terminer,
Was du anfängst, das mache aus [4].

Il ne faut pas vendre trop tôt la peau de l'ours,
Juble nicht eher, als du über den Graben bist [5].

Il ne sait à quel saint se vouer,
Er weiß sich nicht zu raten noch zu helfen [6].

---

1. Litt. : Selon la bourse, gouverne le bec.
2. Aus=rasen, s'apaiser, achever de jeter sa gourme.
3. Sich in (acc.) schicken, s'accommoder à.
4. Litt. : Ce que tu commences, achève-le. Aus=machen = achever.
5. Jubeln ou jubilieren, pousser des cris d'allégresse; der Graben, g. s, pl. Gräben = fossé. Litt. : Ne triomphe pas avant d'être au delà du fossé. Il sera temps de chanter victoire quand tu auras battu tes ennemis.
6. Litt. : Il ne sait pas se conseiller ni s'aider; sa situation est désespérée.

Il n'est chère que d'appétit,
Il n'est meilleure sauce que d'appétit,
Hunger ift ber befte Koch [1].

Il n'est chère que de vilain,
Der Geizhals ift ber befte Wirt [2].

Il n'est dignité sans charge,
Würben finb Bürben [3].

Il n'est pas de petits ennemis,
Auch ber kleinfte Feinb kann uns fchaben [4].

Il n'est pas si diable qu'il se fait noir,
Er ift nicht fo fchlimm als er ausfieht [5].

Il n'est pire sourd que celui qui ne veut pas
entendre,
Tauben Ohren ift nicht gut prebigen [6].

Il n'est rien de tel que d'avoir un chez-soi,
Eigener Herb ift Golbes wert [7].

---

1. Der Koch g. (e) s, pl. Köche = cuisinier. Cf. kochen, cuire,
cuisiner.

2. Der Geiz, g. es = l'avarice; geizen, être avare; ber Geizhals, g. fes, pl. hälfe = l'avare. Der Wirt, g. (e) s, pl. e, signifie
hôte, hôtelier.

3. Litt. : Dignités sont charges.

4. Uns est un datif, fchaben (nuire) étant un verbe neutre.

5. Schlimm, mauvais, méchant. — Aus=fehen, paraître.

6. Litt. : A des oreilles sourdes il n'est pas bon de prê-
cher.

7. On dit dans le même sens : Un petit chez-soi vaut mieux
qu'un grand chez les autres. — Der Herb, g. (e) s, pl. e = âtre,
foyer. Eigen, propre, particulier; d'où ein eigener Herb, un
chez-soi.

Il n'est rien de tel que balai neuf[1],
Neue Beſen kehren gut [2].

Il n'est si petit chat qui n'égratigne,
Auch die kleinſte Katze kratzt.

Il n'est sauce que d'appétit,
Der Hunger iſt die beſte Würze [3].

Il n'est si petit ver qui ne se recroquille, quand
on l'écrase[4],
Auch ein Wurm krümmt ſich, wenn er getreten wird.

Il n'y a ni honneur ni gain qui se prenne avec
un vilain,
Wer Kot anrührt, beſubelt ſich [5].

Il n'y a pas de quoi fouetter un chat,
Das iſt nicht wert, daß man einen Hund darum peitſche [6].

Il n'y avait que trois tondus et un pelé,
Es war nur ein Schofel da [7].

Il n'y avait pas un chat,
Es gab keinen Chriſtenmenſchen dort zu ſehen [8].

1. Les prov. : Tout ce qui est nouveau est beau ; tout neuf,
tout beau, ont le même sens.
2. Der Beſen, g. s. le balai ; kehren, balayer.
3. Die Würze, pl. en, l'épice. Litt. : La faim est le meilleur
assaisonnement.
4. Sich krümmen, se courber, se tordre, de krumm, courbe, tortu.
5. Der Kot, g. (e) s, la boue, la fange. — Sich beſubeln, se
salir. Litt. : Qui touche de la boue, se salit.
6. Peitſchen, fouetter, de die Peitſche, pl. e, le fouet. — Litt. :
Cela ne mérite pas que l'on fouette un chien.
7. Der Schofel, g. s, = rebut, camelote. *
8. Der Chriſtenmenſch, g. en, pl. en = le chrétien.

Il n'y a pas de remède à cela,
Dafür ift kein Kraut gewachfen [1].

Il n'y a pire eau que l'eau qui dort,
Stille Waffer find tief.

Il n'y a que la bonne foi qui serve,
Ehrlich währt am längften [2].

Il n'y a que la foi qui sauve,
Der Glaube macht felig [3].

Il n'y a que le premier pas qui coûte,
Nur der erfte Schritt koftet Ueberwindung [4],
Es ift nur um den erften Schritt zu tun.

Il n'y a que la vérité qui blesse,
Unverdient kränkt nicht [5].

Il n'y a rime ni raison à cela,
Darin ift weder Sinn noch Verftand [6].

Il n'y a rien à en faire [7],
An ihm ift Hopfen und Malz verloren [8].

1. Das Kraut g. (e) s, pl. Kräuter = l'herbe, la plante. —
Litt. : Pour cela aucune herbe n'a crû.
2. C'est avec l'honnêteté qu'on va le plus loin. Litt. : L'hon-
nête dure le plus longtemps.
3. La foi rend bienheureux, sauve les âmes, à condition
d'être accompagnée des autres vertus.
4. Die überwindung, lutte victorieuse, de überwinden, surmonter. Litt. : Coûte des efforts.
5. Litt. : Ce qui est immérité ne blesse pas.
6. En cela ni sens ni raison.
7 On dit dans le même sens : A vouloir le corriger on
perdrait son latin.
8. Der Hopfen, g. s, houblon ; das Malz, g. es, malt, drèche.

Il n'y a rien de nouveau sous le soleil,
Nichts Neues unter der Sonne.

Il n'y a si bon cheval qui ne bronche, ou ne bute,
Auch das beste Pferd kann stolpern [1],
Es stolpert auch wohl ein gutes Pferd.

Il n'y a si petit buisson qui ne porte ombre,
Wenn auch ein Büschchen noch so klein, es gibt doch Schatten [2].

Il n'y a si petit métier qui ne nourrisse son maître,
Jedes Handwerk hat einen goldnen Boden [3].

Il plaide le faux pour savoir le vrai,
Er bringt etwas Falsches vor, um das Wahre zu ermitteln [4].

Il prise trop sa marchandise,
Er schlägt seine Waare zu hoch an [5].

Il vaut son pesant d'or,
Er ist Goldes wert, ou :
Er ist nicht mit Gold aufzuwägen [6].

1. Stolpern, broncher, buter, trébucher.
2. Der Busch. es, pl. e = bosquet, petit bois, buisson; das Büschchen est le diminutif de Busch. — Wenn auch, quoique. Régulièrement il faudrait dire : Wenn auch ein Büschchen noch so klein ist, gibt es doch Schatten.
3. Der Boden, g. s, pl. Böden, sol, terrain; ici fond. — Cf. le prov. : Il n'est pas de sot métier.
4. Vor=bringen, mettre en avant, dire; ermitteln, trouver, découvrir.
5 An=schlagen, ici évaluer, estimer, priser. Zu hoch : à un trop haut prix.
6. Auf=wägen ou auf=wiegen, contrebalancer, compenser.

Il y a fagots et fagots,
Es ift ein Unterfchied in Allem [1].

Il y a loin du dire au faire,
Vom Reden bis zum Vollbringen ift noch ein großer
Schritt [2].

Il y a quelque anguille sous roche,
Es ftecft etwas dahinter [3].

Il y a remède à tout fors à la mort,
Für den Tod ift fein Kraut gewachfen.

Jamais beau parler n'écorcha la langue,
Höflichfeit fchadet nie [4],
Ein gutes Wort findet eine gute Statt [5].

J'appelle un chat un chat [6],
Ich gebe dem Kinde feinen rechten Namen.

Je n'ai pas foi dans son baume,
Ich glaube feinen Worten nicht [7].

Je sais ce qu'en vaut l'aune,
Ich weiß ein Liedchen davon zu fingen [8].

1. Der Unterfchied, g. es, pl. e = différence, distinction.
Cf. unterfcheiden, séparer, distinguer.
2. Litt. : Du dire au faire est encore un grand pas.
3. Stecfen signifie ici être fourré, caché. — Dahinter, là
derrière, derrière.
4. Litt. : Politesse ne nuit jamais.
5. Die Statt, la place.
6. Cf. Boileau : J'appelle un chat, un chat, et Rolet un fripon. En allemand : Je donne à l'enfant son vrai nom.
7. Glauben est actif et neutre.
8. Das Liedchen, g. s, chansonnette, diminut. de das Lied,
g. es, pl. er.

Jeter le manche après la cognée,
Das Kind mit dem Bade ausgießen [1], ou :
Die Sache aufgeben, ou gleich Alles aufgeben [2].

J'y perds mon latin,
Hier geht mein Latein aus.

La belle plume fait le bel oiseau,
Kleider machen Leute.

La caqué sent toujours le hareng [3],
Art läßt nicht von Art [4].

La crainte du Seigneur est le commencement
de la sagesse,
Des Herrn Furcht ist aller Weisheit Anfang.

La critique est aisée, et l'art est difficile (Destouches),
Der Tadel ist leicht, die Kunst ist schwer.

La faim chasse le loup du bois,
Hunger lehrt arbeiten,
Der Hunger treibt den Wolf ins Dorf [5],
Not lehrt beten [6].

1. Litt. : Verser (aus=gießen) l'enfant avec le bain.
2. Auf=geben, renoncer à, abandonner ; gleich, également.
3. On dit aussi dans le même sens : Qui naît poule aime à gratter.
4. Litt. : La nature ne renonce pas à la nature. Nous ne pouvons pas nous dépouiller de notre nature.
5. Litt. : La faim pousse le loup dans le village.
6. Litt. : Le besoin apprend à prier. Beten, dire sa prière.

La fin justifie les moyens [1],
Der Zweck heiligt die Mittel [2].

La force prime le droit [3],
Gewalt geht vor Recht.

La fortune est inconstante,
Handel hat Wandel [4].

La fortune fait naître l'envie [5],
Glück bringt Neid.

La lame use le fourreau,
Der Geist reibt den Leib auf [6].

La ligne droite est le plus court chemin d'un
point à un autre,
Die gerade Linie ist der kürzeste Weg zwischen zwei
Punkten.

La mort égalise tout,
Alles geht ein Tag zu Grab.

1. Cette maxime est immorale : nous n'avons jamais le
droit de faire le mal, fût-ce pour atteindre une fin légi-
time.
2. Heiligen, consacrer. C'est le contraire qu'il faut dire :
Der Zweck heiligt die Mittel nicht.
3. Encore une maxime immorale : la raison du plus fort
n'est pas toujours la meilleure; et, comme on l'a dit, le droit
de la force fait médiocre figure devant la force du droit.
4. Les affaires ont leurs vicissitudes : Tel qui rit vendredi,
dimanche pleurera.
5. Ou mieux encore, comme on disait autrefois : Aux
grands honneurs grands envieux.
6. Aus-reiben, user en frottant; l'esprit, l'âme use le corps :
c'est l'influence du moral sur le physique.

La nuit porte conseil,
Wir wollen uns darüber beschlafen [1].
Ueber Nacht kommt Rat [2],
Guter Rat kommt über Nacht,
Kommt Zeit, kommt Rat.

La nuit, tous les chats sont gris,
Nachts sind alle Kühe schwarz [3],
Bei Nacht siud alle Katzen grau.

La parole est d'argent, le silence est d'or,
Reden ist Silber, Schweigen ist Gold.

La pelle se moque du fourgon [4],
Ein Esel schilt den andern Langohr [5].

La plus mauvaise roue d'un chariot fait toujours le plus de bruit,
Das schlimmste Rad knarrt am meisten [6].

L'argent fait tout,
Geld regiert die Welt [7].

(Le) bien faire vaut mieux que (le) bien dire,
Gut handeln ist besser als gut reden.

1. Nous dormirons là-dessus, nous consulterons notre chevet.
2. Ueber Nacht, pendant la nuit.
3. Litt. : De nuit toutes les vaches sont noires.
4. On dit dans le même sens : C'est l'hôpital qui se moque
de l'infirmerie. *Fourgon*, tige de fer qui sert à attiser le feu.
5. Schilt, de schelten, injurier. Un âne traite l'autre d'animal
à longues oreilles. Das Langohr, g. s, pl. e, longue-oreille,
bourrique.
6. Knorren, craquer, grincer, crier; am meisten, le plus,
meist est le superlatif de mehr.
7. C'est l'argent qui gouverne le monde. Cf. l'expression :
l'argent est le nerf de la guerre.

(Le) bien mal acquis ne profite pas,
Unrecht erworbenes Gut gedeiht nicht [1],
Unrecht Gut gedeiht nicht [2].

Le bon n'est jamais trop cher,
Schlechte Waare ist immer zu teuer [3].

Le butin allèche les voleurs,
Ein Aas sammelt die Raben [4].

La chose presse [5],
Das Licht brennt auf den Nagel [6].

Le cœur haut et la fortune basse,
Viel Mut und wenig Gut.

Le coût fait perdre le goût [7],
Die Koste verleiden Einem das Kosten.

L'eau court toujours à la rivière [8],
Wo Tauben sind, da fliegen Tauben zu [9].
Wer da hat, dem wird gegeben.

1. Erworben part. passé de erwerben, acquérir. Le participe en allemand se décline comme un simple adjectif.
2. Dans plus d'une expression l'adjectif reste invariable, bien qu'il soit épithète. Ainsi on dit : trocken Brot, du pain sec.
3. Litt. : Mauvaise marchandise est toujours trop chère.
4. Une charogne (das Aas, g. es, pl. Äser) rassemble les corbeaux.
5. Il n'y a pas de temps à perdre.
6. La lumière brûle sur l'ongle.
7. Remarquez la rime dans le proverbe français et, dans le proverbe allemand qui lui correspond, une sorte de jeu de mots. Kosten peut signifier : 1° goûter, coûter; 2° frais, dépenses, goût.
8. On dit de même : Le bien cherche le bien.
9. Die Taube, pl. e, pigeon. — Zufliegen, voler vers.

Le dé en est jeté [1],
Die Würfel sind gefallen,
Das Loos ist geworfen.

Le droit prime la force,
Recht geht vor Macht.

Le mieux est l'ennemi du bien,
Man verdirbt oft, was man zu gut machen will [2].

Le monde vous paye d'ingratitude,
Undank ist der Welt Lohn [3].

Le mort saisit le vif [4],
Der Tote setzt den Lebenden in Besitzt [5].

L'ennui est le conseil du diable,
Langweile ist die Mutter der Sünde, ou aller Laster [6].

Le plus heureux l'emporte,
Wer das Glück hat, führt die Braut heim [7].

Le premier pas engage au second [8],
Wer A sagt, muß B sagen.

1. *Alea jacta est,* paroles célèbres prononcées par César avant de franchir le Rubicon. — Der Würfel g. s, le dé; das Loos, g. ses pl. e, le sort.
2. Litt. : On gâte souvent ce que l'on veut trop bien faire.
3. Litt. : L'ingratitude est la récompense du monde.
4. Axiome de droit qui signifie que le propriétaire, en mourant, transmet tous ses droits à ses héritiers.
5. Litt. : Le mort met le vivant (le vif) en possession.
6. Die Langweile, l'ennui; die Sünde, pl. e, le péché; das Laster, g. s, le vice.
7. Litt. : Qui a la chance, conduit chez soi la fiancée, — heim, à la maison, avec mouvement. Zu Hause, à la maison, avec un verbe de repos.
8. Cf. les vers de Racine :

Quelques crimes toujours précèdent les grands crimes.
Ainsi que la vertu, le crime a ses degrés.

Le repos est agréable après la journée faite,
Nach geschehener Arbeit ist gut ruhen [1].

Le sou amène l'écu [2],
Wer den Heller nicht ehrt, ist des Talers nicht wert [3].

L'excès nuit en tout [4],
Genug ist besser als Viel.

L'habit ne fait pas le moine,
Das Kleid macht keinen Mönch.

L'homme habile gagne son pain partout,
Kunst geht nicht betteln [5].

L'homme propose et Dieu dispose,
Der Mensch denkt, Gott lenkt [6].

L'occasion fait le larron,
Gelegenheit macht Diebe.

Loin des yeux, loin du cœur,
Aus den Augen, aus dem Sinne.

1. Litt. : Après le travail accompli il fait bon se reposer.
2. Cf. le prov. : *Les petits ruisseaux font les grandes rivières;* il n'y a pas de petites économies. — Der Heller, g. s, le liard; der Taler, g. s, l'écu. Le taler vaut trois marcs ou 1 fr. 25 × 3.
3. Litt. : Qui n'honore point le liard n'est pas digne du taler.
4. Cf. les expressions populaires : Trop gratter cuit; trop parler nuit; trop tirer rompt. — Cf. aussi le latin *ne quid nimis*, rien de trop.
5. Litt. : L'art ne va pas mendier.
6. Remarquez les rimes : propose et dispose, denkt lenkt. — Lenken, diriger.

L'oisiveté est la mère de tous les vices,
Müßiggang ist aller Laster Anfang,
Müßiggang gebiert das Laster [1].

Les beaux esprits se rencontrent,
Schöne Geister begegnen sich.

Les belles plumes font les beaux oiseaux,
Den Vogel erkennt man an den Federn.

Les bons comptes font les bons amis,
Richtige Rechnung erhält gute Freunde [2].

Les chemins battus sont toujours les meilleurs,
Der gebahnte Weg ist immer der sicherste [3].

Les enfants et les fous disent la vérité,
Kinder und Narren sprechen die Wahrheit.

L'exception confirme la règle,
Die Ausnahmen bestätigen die Regeln [4].

Les grands diseurs ne sont pas les grands fai-
seurs,
Sprechen und handeln ist zweierlei, ou :
Hühner, welche viel gackeln, legen wenig Eier [5].

Les honneurs sont à charge,
Würde ist Bürde.

---

1. Gebiert, de gebären, enfanter, produire.
2. Litt. : Un compte exact entretient de bons amis. On
pourrait dire encore : erhält die Freundschaft, entretient l'amitié.
3. Gebahnt, part. pass. de bahnen, ouvrir une route. Der gebahnte Weg, le chemin battu.
4. Die Regeln plur. de die Regel, la règle.
5. Gackeln ou gackern, crier, caqueter, en parlant des poules ;
Eier legen, pondre.

Les loups ne se mangent pas entre eux,
Eine Krähe hackt der andern die Augen nicht aus [1].

Les maladies viennent à cheval et s'en vont à pied,
Die Krankheiten kommen zu Pferde, gehen aber zu Fuß.

Les murs ont des oreilles,
Die Wände haben Ohren.

Les pensées sont libres,
Gedanken sind zollfrei [2].

Les petits cadeaux entretiennent l'amitié,
Die kleinen Geschenke erhalten die Freundschaft.

Les premiers vont devant,
Wer zuerst kommt, mahlt zuerst [3].

Le temps porte conseil,
Zeit bringt Rat.

Le torchon brûle à la maison,
Es ist Streit in der Wirtschaft [4].

L'un paye les violons, les autres dansent,
Der Eine hat die Kühe, der Andre die Mühe [5].

1 Litt. : Une corneille n'arrache pas les yeux à l'autre. —
Aus= hacken, crever avec le bec, arracher.
2. Zollfrei, qui ne paye pas de droits. — Der Zoll, g. (e) s,
pl. Zölle, droits; frei, libre.
3. Litt. : Qui arrive le premier, mout le premier.
4. Litt. : Il y a dispute dans le ménage.
5. Litt. : L'un a les vaches, l'autre la peine.

L'union fait la force,
Einigfeit macht ftarf [1].

Mal d'autrui n'est que songe [2],
Frembes Leiden rührt uns wenig [3].

Ma peau m'est plus proche que ma chemise [4],
Das Hemb ift mir näher als der Rock [5].

Matines bien sonnées sont à demi dites,
Vorgeforgt ift halb getan [6].

Mauvaise graine est tôt venue,
Unfraut gebeiht [7].

Mauvaise herbe croît toujours,
Unfraut verbirbt nicht.

Médecin, guéris-toi toi-même,
Arzt, hilf dir felber [8].

Mêle-toi de ce qui te regarde [9],
Schufter, bleibe bei deinem Leiften [10].

1. Litt. : L'union rend fort.
2. Cf. la boutade de La Rochefoucauld : « Nous avons tous
assez de force pour supporter les maux d'autrui. »
3. Litt. : Une souffrance étrangère nous touche peu.
4. Cf. le prov. : Charité bien ordonnée commence par soi.
5. Litt. : La chemise m'est plus proche que l'habit.
6. Vor=forgen, agir avec prévoyance, pourvoir.
7. Litt. : Mauvaise herbe prospère. — Un marque privation,
négation ; das Kraut, l'herbe ; das Unfraut, la mauvaise herbe.
8. Hilf, impér. de helfen, aider, qui est neutre en allemand.
9. Chacun son métier,
10. Litt. : Cordonnier, reste auprès de ta forme. — Der
Leiften, g. s, la forme du cordonnier. — Cf. le prov. latin :
Ne sutor supra crepidam, savetier, ne regarde pas au dessus
de la sandale.

Ménager la chèvre et le chou,
Es mit Niemand verderben wollen [1].

Mieux vaut donner les coups de marteau que les recevoir,
Besser Hammer als Amboß [2].

Mieux vaut donner que prendre [3],
Geben ist seliger denn nehmen [4].

Mieux vaut engin que force [5],
List geht über Gewalt [6].

Mieux vaut être dupe que fripon,
Lieber betrogen werden als betrügen [7].

Mieux vaut plier que rompre,
Es ist besser nachgeben als leiden [8].

Mieux vaut tard que jamais,
Besser ist spät als gar nicht [9],
Besser spät als nie.

Mieux vaut tendre la main que le cou,
Besser gebettelt als gestohlen [10].

1. Es mit einem verderben, se brouiller avec quelqu'un.
2. Mieux vaut être marteau qu'enclume.
3. Cf. la belle parole du Christ : *Beatius est magis dare, quam accipere,* dont le proverbe n'est que la traduction.
4. Selig, heureux: — denn (vieilli) équivaut à als.
5. Cf. le mot de La Fontaine : Plus fait douceur que violence, dans *Phébus et Borée.*
6. Die List, pl. en, la ruse. — Geht über, l'emporte sur.
7. Aimer mieux être trompé que tromper.
8. Nach=geben, céder.
9. Gar nicht, pas du tout.
10. Litt. : Mieux (vaut) mendié que volé.

Mieux vaut tenir que querir,
Beffer ift halten als hoffen.

Morte la bête, mort le venin,
Ein toter Hund beißt nicht mehr [1].

Nécessité est chose pénible,
Muß ift ein bittres Kraut [2].

Nécessité n'a pas de loi,
Not hat (ou kennt) kein Gebot.

Ne remets pas à demain ce que tu peux faire aujourd'hui,
Was du heute kannft beforgen,
Das verfchiebe [3] nicht auf morgen, ou :
Tue das, was heute gefchehen kann, fogleich heute und verfchiebe es niemals auf morgen.

Ne t'attends qu'à toi seul [4],
Selbft ift der Mann.

Ne te fie qu'à bonnes enseignes,
Trau, fchau, wem [5] !

Ni l'or ni la grandeur ne nous rendent heureux [6],
Reichtum macht nicht immer glücklich.

---

1. Litt. : Un chien mort ne mord plus.
2. Litt. : « Il faut » est une herbe amère.
3. Verfchieben, différer, retarder, remettre.
4. C'est-à-dire : Il ne faut point compter sur autrui. Cf. LA FONTAINE, *L'alouette et ses petits avec le maître d'un champ.*
5. Litt. : Accorde ta confiance, regarde à qui (tu la donnes). Ne te fie qu'à des personnes sûres.
6. Cf. LA FONTAINE, *Philémon et Baucis.*

Oignez vilain, il vous poindra ;
Poignez vilain, il vous oindra,
Ein falscher Hund beißt die Hand des Woltäters und
leckt die des Tyrannen [1].

On connaît l'arbre à son fruit,
Ein guter Baum bringt gute Früchte [2],
Wie der Baum, so die Frucht.

On devient sage avec l'âge [3],
Der Verstand kommt mit den Jahren.

On fait toujours son chemin avec la bonne foi,
Treue Hand geht durch's ganze Land [4].

On n'abat pas un chêne du premier coup,
Auf einen Streich fällt keine Eiche [5].

On n'attrape pas les mouches avec du vinaigre,
Mit Speck fängt man Mäuse [6].

On ne dispute pas des goûts,
Ueber den Geschmack läßt sich nicht streiten.

On ne pend que les petits voleurs,
Kleine Diebe hängt man, die großen läßt man laufen [6].

---

1. Litt. : Un chien faux mord la main du bienfaiteur et
lèche celle du tyran. — Cette ambitieuse façon de s'exprimer
ne vaut pas la simplicité piquante du proverbe français.
2. Litt. : Un bon arbre porte de bons fruits.
3. Cf. l'adage : Si jeunesse savait, si vieillesse pouvait.
4. Litt. : Une main fidèle passe à travers tout le pays. —
Nos ancêtres disaient : « Il n'est avoir que de prudhomie. »
5. Litt. : D'un seul coup aucun chêne ne tombe.
6. Litt. : (C'est) avec du lard (qu')on prend des souris.
7. On pend les petits voleurs, on laisse courir les grands.
La Fontaine : Où la mouche a passé, le moucheron demeure.

On ne perd rien à se taire,
Mit Schweigen verredet sich Niemand [1].

On ne peut courir deux lièvres à la fois,
Wer zwei Hasen zugleich hetzt, fängt keinen [2].
Wer aus vielen Büchsen schießt, trifft selten die Scheibe [3].

On ne peut couvrir saint Pierre, sans découvrir
saint Paul,
Des Einen Gewinn ist des Andern Verlust [4].

On ne peut faire flèche de tout bois,
Jedes Holz läßt sich nicht zu Bolzen drehen [5].

On ne sait qui meurt ni qui vit,
Man weiß nicht, wie lange man lebt, ou :
Heute rot, morgen tot [6].

On ne peut contenter tout le monde et son père [7],
Man kann es nicht Allen recht machen [8].

On ne saurait peigner un diable qui n'a pas de
cheveux,
Wo Nichts ist, kann man Nichts machen.

On n'est sali que par la boue,
Wer Kot angreift, besudelt sich.

1. Sich verreden, se tromper en parlant.
2. Hetzen, chasser, poursuivre.
3. Die Büchse, pl. n, boîte, et aussi carabine. — Litt. : Celui qui tire avec beaucoup de fusils, touche rarement la cible.
4. Litt. : Le gain de l'un est la perte de l'autre.
5. Der Bolzen, g. s, trait, flèche. — Litt. : Tout bois ne se laisse pas tourner en flèche.
6. Litt. : Aujourd'hui rouge (plein de santé), demain mort.
7. Cf. LA FONTAINE, *Le meunier, son fils et l'âne*.
8. Litt. : On ne peut le faire agréable pour tous.

On récolte ce que l'on a semé,
Wie man's treibt, so geht's [1].

On s'instruit à ses dépens,
Durch Schaden wird man klug.

Où il n'y a rien le roi perd son droit,
Da wo Nichts ist, hat der Kaiser sein Recht verloren.

Où il y a de la gêne, il n'y a pas de plaisir [2],
Wo ist Zwang, da ist kein Klang [3].

Paris appartient à ceux qui se lèvent tôt [4],
Morgenstunde hat Gold im Munde [5].

Pas d'argent, pas de Suisse,
Umsonst ist der Tod, ou [6] :
Kein Geld, keine Waare, ou :
Kein Kreuzer, kein Schweizer [7].

Pas de fumée sans feu,
Wo Rauch ist, da ist Feuer.

1. Treiben, faire aller, s'appliquer. — Ce proverbe peut se traduire par celui-ci : Comme on fait son lit, on se couche.
2. Rapprochez de cette maxime égoïste et bourgeoise, le beau mot de saint Augustin : *Ubi amatur non laboratur, aut si laboratur, labor amatur*, où se trouve l'amour, il n'est point de souffrance, ou, si l'on souffre, on aime à souffrir.
3. Litt. : Où il y a gêne, il n'y a pas de son (de musique, de plaisir).
4. On dit de même : L'Aurore est l'amie des Muses.
5 Litt. : L'heure du matin (l'aurore) a de l'or dans la bouche.
6. Seule la mort est gratis. Umsonst, gratuitement.
7. Litt. : Pas de kreutzer, pas de Suisse ; le kreutzer est une pièce de monnaie allemande valant environ 4 centimes.

Pas de roses sans épines,
Kein Haus ohne Maus [1], ou :
Keine Rose ohne Dorn.

Pauvreté n'est pas vice,
Armut schändet nicht [2], ou :
Armut ist keine Schande.

Personne n'est prophète dans son pays,
Ein Prophet gilt nirgends weniger als in seinem Lande [3].

Petit à petit l'oiseau fait son nid,
Mit Zeit pflückt man Rosen [4], ou :
Nach und nach baut der Vogel sein Nest [5].

Petit poisson deviendra grand,
Aus Kindern werden Leute.

Peu de besogne pour beaucoup de bruit,
Viel Geschrei und wenig Wolle [6].

Pierre qui roule n'amasse pas mousse [7],
Vieles Wandern macht nicht reich [8].

1. Litt. : Pas de maison sans souris.
2. Die Schande, la honte ; schanden, déshonorer.
3. Litt. : Un prophète ne vaut nulle part moins que dans son pays.
4. Pflücken, cueillir.
5. Nach und nach, peu à peu.
6. Litt. : Beaucoup de cris et peu de laine.
7. Ceux qui font beaucoup de pèlerinages, disent les maîtres de la vie spirituelle, se sanctifient rarement. Cf. *Imit.*, I, XXIII.
8. Wandern, voyager. — Les nombreux voyages n'enrichissent pas.

Plus on est élevé, plus la chute est rude,
Je höher der Ort, je schlimmer der Fall [1].

Plus le bouc est vieux, plus il est entêté,
Je älter der Bock, je härter das Horn [2].

Point de règle sans exception,
Keine Regel ohne Ausnahme.

Porter de l'eau à la rivière,
Wasser in den Brunnen tragen [3].

Pour un moine l'abbaye ne faut pas [4].
Einer ist Keiner [5].

Prêté n'est pas donné,
Lange geborgt ist nicht geschenkt [6].

Promettre et tenir sont deux,
Versprechen und halten ist zweierlei, ou :
Ein Anderes ist versprechen, ein Andres halten.

Promettre plus de beurre que de pain,
Mehr versprechen als man hält.

Quand il pleut sur le curé, il dégoutte sur le
vicaire,
Von dem, was dem Herrn zufällt, bekommt auch der
Diener sein Teil [7].

1. Je avec un comparatif = plus... plus. Cf. l'expression : je
früher, je besser, plus tôt ce sera, mieux cela vaudra.
2. Litt. : Plus le bouc est vieux, plus dure est la corne.
3. Litt. : Porter de l'eau à la fontaine.
4. *Faut* (indicatif prés. de *faillir*), manque, finit : au bout
de l'aune faut le drap, pour dire : toutes choses ont une fin.
5. Litt. : Un n'est aucun; une unité est chose négligeable.
6. Borgen, prêter à crédit.
7. Litt. : De ce qui arrive au maître, le serviteur reçoit
aussi sa part.

Quand la poire est mûre, il faut qu'elle tombe[1],
Wenn bie Birne reif iſt, fällt ſie von ſelbſt ab.

Quand le chat n'y est pas, les souris dansent,
Wenn bie Katze nicht zu Hauſe iſt, ſpringen bie Mäuſe
auf Tiſch' unb Bänke [2].

Quand le vase est trop plein, il déborde,
Wenn bas Gefäß zu voll iſt, läuft es über [3].

Quand le vin est tiré, il faut le boire,
Was man eingebrockt, muß man eſſen [4], ou :
Wer A ſagt, muß auch B ſagen.

Quand on est mort, c'est pour longtemps,
Der Menſch liegt länger im Grabe, als er lebt [5].

Quand on n'obéit pas aux paroles, on obéit aux
coups,
Wer nicht hören will, muß fühlen [6].

Quand on parle du loup, on en voit la queue[7],
Wenn man ben Wolf nennt, kommt er gerennt [8],
Wenn man vom Wolfe ſpricht, iſt er nicht weit.

1. Ce qui veut dire : Le temps vient à bout de tout.
2. Les souris sautent sur les tables et sur les bancs, quand, etc.
3. Ueber=laufen, déborder.
4. Ein=brocken, émietter. Cf. ber Brocken, g. 8, morceau,
miette. — Litt. : On doit manger ce qu'on a émietté.
5. Litt. : L'homme gît dans la tombe plus longtemps qu'il ne vit.
6. Litt. : Qui ne veut pas entendre, doit sentir ; on s'instruit
à ses dépens.
7. On dit de même : Quand on parle du soleil, on en voit
les rayons.
8. Rennen, courir, a régulièrement pour participe passé gerannt. Le participe présent qui accompagne en français un
verbe de mouvement se rend en allemand par le participe
passé : Il vient en courant, er kommt gerannt, gelaufen.

Quatorze métiers quinze misères.
Bierzehn Handwerk, fünfzehn Unglück.

Qui aime bien châtie bien,
Je lieber das Kind, je schärfer die Rute [1].

Qui a temps a vie [2],
Kommt Zeit, kommt Rat.

Qui a terme, ne doit rien,
Zeit gewonnen, alles gewonnen [3].

Qui casse les verres, les paie,
Wer den Schaden anrichtet, muß ihn tragen [4].

Qui compte sans son hôte, compte deux fois,
Wer die Rechnung ohne den Wirt macht, verrechnet sich [5].

Qui couche avec les chiens, se lève avec des puces [6],
Wer Kot angreift, besubelt sich.

Qui court deux lièvres à la fois, n'en prend aucun,
Wer zu viel haben will, bekommt nichts.

1. Litt. : Plus l'enfant est cher, plus la verge est rude.
2. On dit de même : A nouvelles affaires, nouveaux avis; alors comme alors (comme cela se pourra).
3. Litt. : Temps gagné, tout gagné.
4. Anrichten, occasionner; ihn tragen, en supporter les conséquences.
5. Sich verrechnen, se tromper dans son calcul.
6. Cf. le prov. : On n'est sali que par la boue.

Qui croit guiller Guillot, Guillot le guille [1],
Wer Andern eine Grube gräbt, fällt selbst hinein [2].

Qui de loin se pourvoit, de près se réjouit,
Vorsorge verhütet Nachsorge [3].

Qui dort, dîne,
Wer schläft, hat gegessen, ou :
Wer schläft, den hungert nicht [4].

Qui jeune n'apprend, vieux ne saura,
Was Hänschen nicht lernt, lernt Hans nimmermehr [5].

Qui ne dit mot, consent,
Wer schweigt, bejaht [6].
Stillschweigen gilt für Einwilligung [7], ou :
Keine Antwort ist auch eine Antwort [8].

Qui ne risque rien, n'a rien,
Wer Nichts wagt, der Nichts gewinnt, ou :
Den Kühnen nur gehört die Welt [9].

1. *Guiller*, tromper. Remarquez cette curieuse allitération.
Cf. les expressions allemandes : Geld und Gut (argent et
biens) la fortune; frant und frei (franc et libre), franchement;
Haut und Haar (peau et cheveu) la vie; mit Lust und Liebe (joie
et amour), avec grand plaisir; bein Wohl und Weh (bien et
mal), tout ce qui peut t'arriver d'heureux et de malheureux;
in Schutz und Schirm nehmen, prendre sous sa protection; über
Stock und Stein laufen, courir à toutes jambes.
2. Litt. : Qui creuse une fosse pour les autres, y tombe.
3. Litt. : Les mesures préventives (empêchent) suppriment
les soins pris après coup.
4. Litt. : Celui qui dort n'a pas faim.
5. Hänschen, diminutif de Hans, Jean. — Nimmermehr, jamais.
6. Bejahen, affirmer, dire oui.
7. Litt. : Silence passe pour consentement.
8. Point de réponse est aussi une réponse.
9. Litt. : Aux audacieux seulement appartient le monde

Qui paye ses dettes s'enrichit,
Wer seine Schulden bezahlt, verbessert seine Güter [1].

Qui pendra la sonnette au chat [2]?
Wer wird der Katze die Schelle anhängen?

Qui peut le plus, peut le moins,
Wem das Mehr nicht schwer ist, kann das Weniger leicht [3].

Qui refuse, muse,
Wer zu lange wählt, geht leer aus [4].

Qui répond, paie,
Den Bürgen muß man würgen [5].

Qui se fait brebis, le loup le mange,
Wer sich grün macht, den fressen die Ziegen [6],
Wer sich zum Schafe macht, den frißt der Wolf.

Qui se ressemble, s'assemble,
Gleich und gleich gesellt sich gern.

Qui se sent morveux, se mouche,
Wen es juckt, der kratze sich [7].

1. Verbessern, améliorer, de besser meilleur.
2. Cf. la ballade d'Eustache Deschamps (1340-1410) : Je treuve qu'entre les souris..., et la fable de LA FONTAINE, *Conseil tenu par les rats*.
3 Litt. : Celui auquel le plus n'est pas difficile, peut facilement le moins.
4. Qui choisit trop longtemps, n'obtient rien. — Leer ausgehen, ne rien obtenir, équivaut à peu près à *muser*, perdre son temps, perdre une occasion (qui ne se retrouvera pas).
5. Der Bürge, g. n. pl. n, caution, répondant; würgen, étrangler.
6. Litt. : Qui se fait vert (herbe), les chèvres le mangent. — Fressen, manger (en parlant des animaux).
7. Litt. : Que celui qui a des démangeaisons, se gratte.

Qui se trompe perd [1],
Verſehen iſt auch verſpielt [2].

Qui s'y frotte, s'y pique.
Wer Butter angreift, dem bleibt immer Fett an den Fingern [3].

Qui terre a, guerre a,
Gut macht Sorgen.

Qui trop embrasse, mal étreint,
Wer viel anfängt, endet wenig [4],
Wer zu viel umfaßt, dem bleibt wenig in der Hand [5].

Qui veut bien s'accommoder, trouve sans peine
à se placer;
Gedulbige Schafe gehen viele in einen Stall [6].

Qui veut trop prouver, ne prouve rien,
Wer zu viel beweiſt, beweiſt Nichts.

Qui veut voyager loin, ménage sa monture,
Was man lange haben will, muß man ſchonen [7].

Qui vivra, verra,
Wer alt wird, wird es erleben [8].

1. Les fautes sont pour les joueurs.
2. Verſehen, se tromper; verſpielen, perdre au jeu.
3. Il reste toujours du gras aux doigts de celui qui touche du beurre.
4. An=fangen, commencer.
5. Umfaſſen, embrasser, de um, autour, et de faſſen, saisir.
6. De patientes breb.s entrent nombreuses dans une même étable. — S'accomoder, se prêter aux circonstances.
7. Litt. : Ce que l'on veut avoir pendant longtemps, il le faut ménager.
8. Qui deviendra vieux, le verra; erleben, voir en sa vie, éprouver; er hat viel Unglück erlebt, il a eu bien des malheurs.

Regret n'est pas argent comptant[1],
Gram zahlt keine Schulden [2].

Riches et pauvres n'emportent en mourant
qu'un linceul,
Arm und Reich gilt im Tode gleich [3].

Rien n'est si bien caché qu'on n'arrive enfin à
le découvrir,
Nichts ist so fein gesponnen, es kommt endlich an die
Sonne [4].

Rien ne sert de courir, il faut partir à point [5],
Früh gesattelt, spät geritten [6].

Rien pour rien [7],
Nichts für Nichts.

Rira bien qui rira le dernier,
Wer zuletzt lacht, lacht am Besten.

Selon le drap la robe,
Wer lang hat, läßt lang hangen [8].

1. Le chagrin ne paye pas les dettes.
2. Der Gram, g. s, chagrin; ne pas confondre avec das
Gramm, g. (e) s, pl. e, le gramme.
3. Gleich gelten, valoir autant. Quand ils sont morts, riches et
pauvres ont même valeur : nous sommes égaux devant la mort.
4. Litt. : Rien n'est si finement filé, cela vient enfin au
soleil.—Il n'y a chose tant celée que le temps ne rende avérée.
5. On dit encore : Tel se lève le matin qui ne part que le
le soir. Cf. LA FONTAINE : *Le lièvre et la tortue.*
6. Litt. : Sellé de bon matin, monté à cheval sur le tard.
Rien ne sert de seller, il se faut mettre en selle.
7. Cf. le prov. : Point d'argent point de Suisse.
8. Celui qui a une robe longue, a une longue traîne.
Cf. l'expression : bis auf die Erde hangen, descendre jusqu'à terre.

Selon les gens l'encens,
So die Kunst, so die Gunst [1].

S'embarquer sans biscuit,
Ohne Flinte auf die Jagd gehen [2].

Semer des perles devant les pourceaux [3],
Perlen vor die Säue werfen.

Se parer des plumes d'autrui,
Mit einem fremden Kalbe pflügen [4].

Si on lui en donne un pouce, il en prend long
comme le bras,
Wenn man ihm den Finger gibt, so nimmt er die ganze Hand.

Souris qui n'a qu'un trou est bientôt prise,
Der Kluge hält sich eine Hintertüre offen [5].

Tant tenu, tant payé,
Wie die Arbeit, so der Lohn [6].

Tant va la cruche à l'eau qu'enfin elle se casse,
Der Krug geht so lange an den Brunnen, bis er endlich
zerbricht.

Tant vaut l'homme tant vaut la terre,
Der Kram gilt so viel als der Mann [7].

---

1. Litt. : Telle habileté, telle bienveillance. On accorde sa
bienveillance à ceux qui la méritent.
2. Litt. : Aller à la chasse sans fusil.
3. Cf. le mot de l'Évangile : ...*neque mittatis margaritas
vestras ante porcos.* (Matth., VII, 6.)
4. Labourer avec la vache d'autrui ; Das Kalb, g. (e), s, pl.
Kälber, le veau.
5. Litt. : Le sage se tient ouverte une porte de derrière.
6. Tel travail, tel salaire.
7. Der Kram, g. (e) s, commerce, mercerie, marchandise.

Telle cause, tel effet [1],
Wie die Urſache, ſo die Wirkung.

Telle demande, telle réponse [2],
Wie man in den Wald ruft, ſo klingt's zurück [3].
Wie die Frage, ſo die Antwort.

Tel maître, tel valet,
Wie der Herr, ſo der Knecht.

Tel père, tel fils,
Wie der Vater, ſo der Sohn.

Tenter l'impossible,
Waſſer im Sieb tragen [4].

Tête de fou ne blanchit jamais.
Ein Narr läßt ſich keine grauen Haare wachſen [5].

Tomber de Charybde en Scylla,
Tomber de fièvre en chaud mal [6],
Aus dem Regen in die Traufe kommen [7].

Toujours pêche qui en prend un,
Wenig iſt doch beſſer als Nichts.

1. On dit aussi : Telle dent, telle morsure.
2. A beau jeu, beau retour. Cf. aussi l'expression : rendre
à quelqu'un la monnaie de sa pièce.
3. L'écho varie quand les sons varient. Es klingt zurück, la
voix revient en résonnant.
4. Litt. : Porter de l'eau dans un crible.
5. Litt. : Un fou ne se fait pas pousser de cheveux gris.
6. Ou encore : Changer un cheval borgne contre un
aveugle.
7. Litt. : Tomber de la pluie dans la gouttière ou dans
l'égout. Die Traufe, pl. n, gouttière, égout.

Toujours souvient à Robin de ses flûtes,
Was Hänschen getan, vergißt Hans nicht [1].

Tous chemins vont à Rome,
Alle Wege führen nach Rom.

Tout ce qui brille n'est pas or,
Es ist nicht Alles Gold was glänzt.

Tout est bien qui finit bien [2],
Ende gut, Alles gut.

Toute peine mérite salaire,
Ein Arbeiter ist seines Lohnes wert.

Toute vérité n'est pas bonne à dire,
Wahrheit bringt Haß [3].

Tout malade est irascible,
Den Kranken ärgern die Fliegen an der Wand [4].

Tout vient à point à qui sait attendre [5],
Wer warten kann, erlebt Alles.
Geduld überwindet Alles [6].
Mit Harren und Hoffen hat's Mancher getroffen [7].
Wer zu warten versteht, erhält Alles.

---

1. Remarquez dans la subordonnée l'ellipse de l'aux. hat; cette ellipse est assez fréquente en allemand.
2. La fin couronne l'œuvre : *finis coronat opus*.
3. Parfois la vérité engendre la haine.
4. Les mouches qui sont contre le mur, agacent le malade.
5. Cf. LA FONTAINE :

> Patience et longueur de temps
> Font plus que force ni que rage.

6. überwinden, vaincre, surmonter.
7. Litt. : Avec l'attente et l'espoir plus d'un a atteint son but.

Tous songes sont mensonges,
Träume sind Schäume [1].

Trop de cuisiniers gâtent la sauce,
Viele Köche verderben den Brei [2].
Wo viel Köche sind, wird der Brei versalzen, ou :
verdorben [3].

Trop gratter cuit, trop parler nuit,
Zu viel reden hat Manchen gereut [4].

Trop nombreuse compagnie vous perd,
Mit gefangen, mit gehangen [5].

Une main lave l'autre [6],
Eine Hand wäscht die andere.

Un bienfait n'est jamais perdu,
Woltun trägt Zinsen [7].

Un bon avertit en vaut deux,
Schreiben Sie sich dieß hinters Ohr [8].

Un bon ménager va loin avec peu,
Mit Vielem hält man Haus, mit Wenigem kommt man
aus [9].

1. Der Schaum, g. (e) s, pl. Schäume, écume, mousse.
2. Der Brei, g. (e) s, pl. e, bouillie, purée, pâte.
3. Versalzen, trop salé ; verdorben, gâté, de verderben.
4. Litt. : Trop parler a causé du repentir à plus d'un.
Cf. : Es reut mich, je me repens.
5. Litt. : Pris avec, pendu avec. — Autre formule : Compagnie fait pendre les gens.
6. Il se faut entraider.
7. Der Zins, g. ses, pl. se, tribut ; pl. Zinsen, intérêt, rente.
8. Litt. : Ecrivez-vous cela derrière l'oreille.
9. Litt. : Avec beaucoup on entretient une maison, avec peu on se tire d'affaire.

Un chien regarde bien un évêque,
Sieht doch die Katze den Kaiser an [1].

Une bonne action doit être cachée,
Die rechte Hand soll nicht wissen was die linke tut [2].

Une hirondelle ne fait pas le printemps,
Eine Schwalbe macht keinen Frühling, ou :
Ein schöner Tag macht keinen Sommer.

Une main garantit l'autre,
Hand muß Hand wahren.

Une politesse en vaut [3] une autre,
Eine Ehre ist der andern wert.

Une seule brebis galeuse peut perdre tout le troupeau,
Ein einziges räubiges Schaf steckt eine ganze Herde an [4].

Un fou avise [5] bien un sage,
Ein Narr kann auch manchmal einem Klugen raten.

Un sou en amène un autre,
Der Groschen bringt den Taler.

---

1. Remarquez cette inversion. On traduit les propositions interrogatives où se trouve doch ou ja, par une interrogation négative, si elles ne contiennent pas de négation. C'est ici le cas. Litt. : Le chat ne regarde-t-il pas l'empereur ?

2. C'est la traduction d'un mot de l'Evangile. Nous disons aussi : *Que la main droite ignore ce que la gauche a donné.*

3. En mérite.

4. Räubig, galeux, de die Räube, la gale. An-stecken, infecter, communiquer un mal.

5. *Aviser*, attirer à propos l'attention de quelqu'un sur une chose.

Un tiens vaut mieux que deux tu l'auras [1],
Kleiner Fisch auf dem Tisch ist besser als ein großer im Bach [2].

Ein Sperling in der Hand ist besser als eine Taube auf dem Dach [3].

Hab' ich ist besser als hätt' ich [4].

Ville qui parlemente est à moitié rendue,
Wer Vorschläge anhört, ist schon halb gewonnen [5].

Voilà le nœud de l'affaire, le *hic*,
Da stehen die Ochsen am Berge [6].

1. Cf. La Fontaine : *Le petit poisson et le pécheur :*
> Un tiens vaut, ce dit-on, mieux que deux tu l'auras :
> L'un est sûr, l'autre ne l'est pas.

2. Litt. . Un petit poisson sur la table est meilleur qu'un grand dans le ruisseau.
3. Litt. : Un moineau dans la main est meilleur qu'un pigeon sur le toit.
4. Litt. : *J'ai* est meilleur que *j'aurais.*
5. Litt. : Qui écoute des propositions est déjà à moitié gagné.
6. Voilà les bœufs au pied de la montagne : ils ne peuvent plus avancer.

PARIS. — IMPRIMERIE F. LEVÉ, RUE CASSETTE, 17.

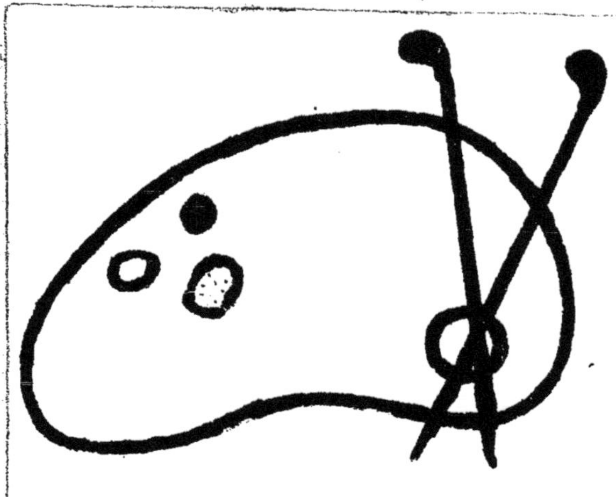

Original en couleur

NF Z 43-120-8